Jesús Turpin
Molina

**Dirección editorial:**
Departamento de Literatura
Infantil y Juvenil

**Dirección de arte:**
Departamento de Imagen y Diseño GELV

**Diseño de la colección:**
Manuel Estrada

*El 0,7% de la venta de este libro se destina al Proyecto «Mejora de la Calidad y oferta educativa del ciclo diversificado del Instituto Tecnológico Quiché de Chichicastenango (Guatemala)», que gestiona la ONG Solidaridad, Educación, Desarrollo (SED).*

1ª edición, 5ª impresión, julio 2008

**Título original:** *Dominicus, o dragón*
© Del texto: Antón Cortizas
© De las ilustraciones: Antonio Castro
© De esta edición: Editorial Luis Vives, 2003
   Carretera de Madrid, km. 315,700
   50012 Zaragoza
   Teléfono: 913 344 883
   www.edelvives.es

**ISBN:** 978-84-263-5147-0
**Depósito legal:** Z. 2740-08

Talleres Gráficos Edelvives (50012 Zaragoza)
Certificados ISO 9001
*Printed in Spain*

*Reservados todos los derechos. Queda prohibida, sin la autorización escrita de los titulares del copyright, la reproducción total o parcial, o distribución de esta obra, por cualquier medio o procedimiento, comprendidos el tratamiento informático y la reprografía.*

## FICHA PARA BIBLIOTECAS

CORTIZAS, Antón (1954-)
Dominico, el dragón / Antón Cortizas ; ilustraciones, Antonio Castro.
– 1ª ed., 5ª reimp. – Zaragoza : Edelvives, 2008
69 p. : il. col. ; 20 cm. – (Ala Delta. Serie roja ; 24)
ISBN 978-84-263-5147-0
1. Poesías infantiles. 2. Dragones. 3. Travesuras. I. Castro, Antonio, il.
II. Título. III. Serie.
087.5:821.134.4-1"19"

ALA DELTA

# Dominico, el dragón

Antón Cortizas

**Ilustraciones**
Antonio Castro

En Villalila de Arriba…

En Villalila de Arriba
todo sucede al contrario,
ya que no es de color lila
y, además, está en un llano.

Pero aún hay más sorpresas:
habita en ella un dragón
que presenta las rarezas
que cuento a continuación.

Dominico, así se llama,
vive solo en las afueras,
pues la gente no tolera
tener vecino tan fiera.

Este viejo tragaldabas
se asoma todos los días
a la boca de la cueva
y piensa qué hacer podría.

Dominico tiene traza
de un dragón de lo más típico;
sí, señor, lleno de escamas
mucho más feo que Picio.

Tiene alas de murciélago,
vuela como mariposa,
un rabo de metro y medio
y una barriga espantosa.

Es un dragón señorito,
ni pequeño ni muy grande,
solo trabaja el domingo
ya que no hay quien se lo mande.

Le gusta hacer de las suyas
y a veces, por fastidiar,
se coloca ante la luna
y no hay quien la pueda observar.

–Sal de ahí, empalagoso
–le grita el sereno en vano.
Ni caso le hace el muy soso,
solo un gesto con la mano.

Mas no es eso lo peor,
lo saben hasta los lelos,
un dragón no es un dragón
si no echa lenguas de fuego.

Lanza fuego por la boca
y, para mayor desgracia,
quema todo lo que sopla
y hasta le hace mucha gracia.

Por aquí, por acullá,
echando su aliento ardiente,
quema que te quemarás
va chamuscando a la gente.

Aunque no gustan sus bromas
y se cree un artista,
con paciencia lo soportan
porque atrae muchos turistas.

Vienen de varios países
hablando idiomas remotos,
se maravillan, sonríen
y le sacan muchas fotos.

Así marchaban las cosas
del terror de los artistas,
entre chamuscos y bromas
y entre fotos y turistas.

Pero un mal día terrible
no sé qué cosa pasó.
Se le acabó el combustible.
¡Dominico se apagó!

¡Dónde se vio tal revés!
¡Dónde tal desaguisado!
Que un dragón dragón no es
si está frío y apagado.

Mas no se dejó vencer,
y muy cerca de la villa
para volver a su ser
pensó que era una cerilla.

Se acercó a unas paredes
y con insistencia y saña
la lengua rascó mil veces
para intentar inflamarla.

Por más que insiste insistente
para encender su garganta,
la boca no se le prende,
lo que a todos les encanta.

Como un dragón que no arde
no despierta la atención,
ya no quedan visitantes
ni siquiera de Japón.

Olvidado de la gente,
nadie le hace ningún caso.
Dominico, indigente,
está al borde del fracaso.

Y con la lengua irritada,
pobrecito, desgraciado,
baja triste la mirada
y se siente angustiado.

Hasta entonces, Dominico,
por el humo no había visto
más abajo de su ombligo.
Y al hacerlo, ¡vaya cisco!

Y aunque verde es de color,
viendo de su ombligo el nudo
de vergüenza enrojeció
porque se encontró desnudo.

Aparentó disimulo
en tal momento azaroso,
y aunque parecía chulo
más bien era vergonzoso.

Nunca se vio de tal guisa
el animal imponente,
encogido en una esquina
sin asustar a la gente.

Le causó tanto coraje
y tal vergüenza sentía
que Dominico, sin traje,
quiso vestirse enseguida.

Aunque no había usado ropa,
sin darle gran importancia
se cubrió con cualquier cosa
con denotada elegancia.

Para abrigar bien el culo
se puso un calzón con puntillas,
que sin mucho disimulo
le llegaba a las rodillas.

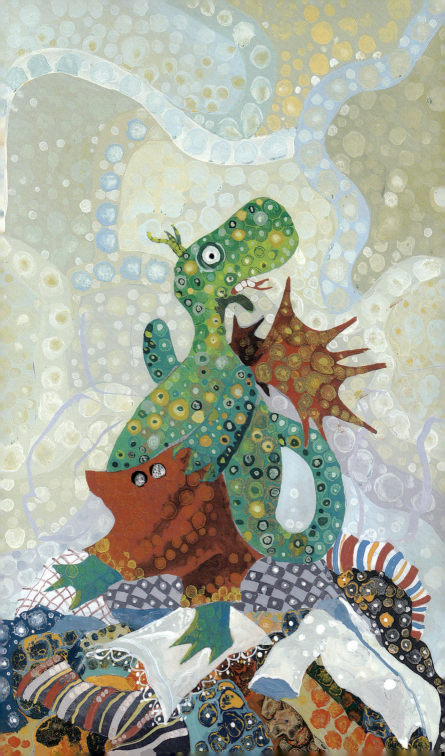

Después se vistió ufano
una camisa naranja
que no era de buen paño
y le quedaba muy ancha.

Pensando que era elegante
se puso un pantalón bombacho,
azul, de talla muy grande
¡y también le estaba ancho!

Y se encajó sin despecho
chaqueta color añil,
que se abrochaba en el pecho
con botones casi mil.

Calcetines con cien listas
y botas verde botella,
que así puestas parecían
las botas de siete leguas.

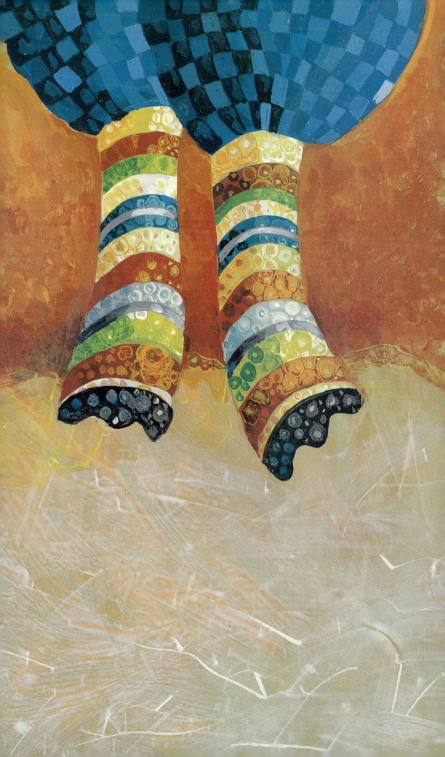

Más tarde, enfundó sus garras
en dos guantes amarillos
que, como no los usaba,
no tapaban sus anillos.

Se encajó un casco de latón
y en la puntita del rabo
menudo nudo anudó,
cordín cordón colorado.

En cuanto estuvo vestido
fue a mirarse en un espejo
y se vio lindo, tan lindo,
que pensó: «Ya no me quejo».

Y con tal indumentaria,
elegante y llamativo,
más que dragón semejaba
un bombero presumido.

Entonces el animal
tuvo una idea infrecuente,
que le pareció genial
y que susurró entre dientes:

—Ya que no puedo quemar
Villalila con mi aliento,
tal vez la pueda apagar
si en bombero me convierto.

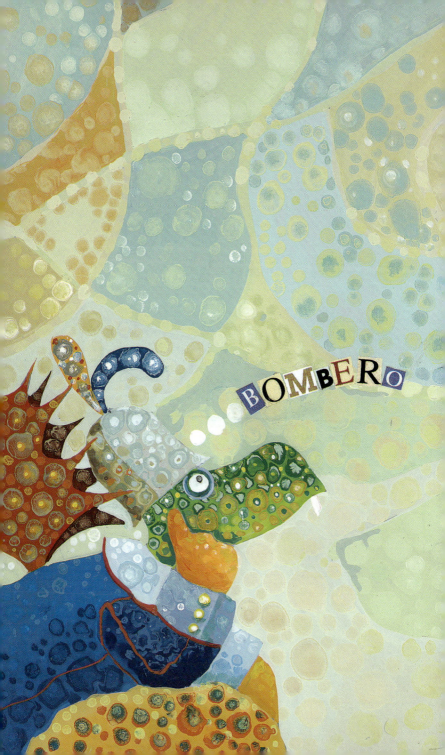

Hora atrás, hora adelante,
mudó de aspecto y trabajo
y desde aquel mismo instante
fue un bombero muy majo.

Y se afanó en apagar
toda cuanta cosa ardía,
por aquí y por allá,
por abajo y por arriba.

Si antes causó gran trastorno
por los fuegos que encendía,
ahora era un gran incordio
por las cosas que extinguía.

Apagaba las farolas,
las teles y ordenadores,
las bombillas, las consolas
y también los transistores.

Cosas peores hacía,
pues en muchas ocasiones
el dragón se divertía
matando las ilusiones.

Sofocaba las miradas,
helaba los corazones,
abreviaba las palabras
y provocaba apagones.

Cegaba cuanto brillaba,
con razón o sin razón,
y con luz nada quedaba,
tan solo su corazón.

La gente, con sangre fría,
lo expulsó no sin esfuerzo,
y la bestia, entristecida,
tuvo que marchar del pueblo.

Y así podría acabar
esta historia tan fogosa;
mas, como no es buen final,
no se acaba así la cosa.

Sucedió con rapidez
lo que ahora se relata.
Era domingo otra vez:
trabajaba, ¡mala pata!

Otra vez era domingo,
y, como dice el proverbio,
es día muy de remilgo
y orgullo de los soberbios.

Y domingo también es
un buen día para hacer
de la cabeza a los pies
el aseo de este mes.

Así fue que este animal,
no teniendo más que hacer,
fue a lavarse a un manantial
como ya hiciera otra vez.

El agua estaba serena,
lucía como un espejo,
y el sol como una patena
brillaba allá a lo lejos.

Al ver el sol tan ardiente
el dragón tuvo otra idea:
dejar en paz a la gente,
dedicarse a otras tareas.

Y dijo diciendo un dicho,
un dicho dicho al dictado,
que siendo un dicho entredicho
lo dijo muy meditado.

–Ya que el humo se esfumó
y el humor ya no me humea,
he de apagar, digo yo,
la luna, el sol, lo que sea...

Hecho y dicho, dicho y hecho,
rugiendo como un motor,
volando abrazado al viento
se fue y desapareció.

Desde entonces allá va
dando mil vueltas al mundo;
apaga cuanto astro hay
sin descansar un segundo.

De vez en cuando aparece,
aunque sea inverosímil,
bombero, dragón y alegre
en medio del arco iris.

Con este nuevo quehacer
también molesta a la gente,
aunque lo hace sin querer,
pero persistentemente.

Si en el pueblo no hace sol
todo el mundo se percata
que se debe a que el dragón
tapa el sol con sus dos patas.

Y el sereno se apresura
y grita con desespero
cuando no se ve la luna:
—¡Sal de ahí, dragón bombero!

# Títulos publicados

## SERIE ROJA

1. *Mesa, trágame!* Gabriela Keselman
2. *El árbol de los abuelos.* Danièle Fossette
3. *Toño se queda solo.* Thierry Lenain
4. *La cometa verde.* Montserrat del Amo
5. *Versos de agua.* Antonio García Teijeiro
6. *La princesa que perdió su nombre.* Pilar Mateos
7. *Tomás y el lápiz mágico.* Ricardo Alcántara
8. *Una bruja horriblemente guapa.* Christophe Miraucourt
9. *Rodando, rodando...* Marinella Terzi
10. *El gato chino.* José Luis Olaizola
11. *El monstruo peludo.* Henriette Bichonnier
12. *La selva de Sara.* Emilio Urberuaga
13. *El príncipe y el espejo.* Concha López Narváez y Rafael Salmerón
14. *Leoncito tiene dos casas.* Paule Brière
15. *El cartero que se convirtió en carta.* Alfredo Gómez Cerdá
16. *No se lo digas a nadie.* Ana González Lartitegui
17. *Aventuras de Rujo y Trujo.* Carmen García Iglesias
18. *Volando por las palabras.* Antonio García Teijeiro
19. *Javi y los leones.* Joel Franz Rosell
20. *Andrea y el cuarto Rey Mago.* Alfredo Gómez Cerdá
21. *El suplicio de los besos.* Didier Dufresne
22. *El regreso del monstruo peludo.* Henriette Bichonnier
23. *Rujo y Trujo cambian de casa.* Carmen García Iglesias
24. *Dominico, el dragón.* Antón Cortizas